Wilhelm Ehrmann

Hinten an der Leine

Erzählung

Copyright: © 2017 Wilhelm Ehrmann
Lektorat: Erik Kinting – www.buchlektorat.net
Satz & Umschlag: Erik Kinting

Erschienen bei tredition GmbH, Hamburg

Bibliografische Information der Deutschen Nationalbibliothek:
Die Deutsche Nationalbibliothek verzeichnet diese
Publikation in der Deutschen Nationalbibliografie;
detaillierte bibliografische Daten sind im Internet
über http://dnb.d-nb.de abrufbar.

Mein Name ist Wilhelm Ehrmann. Für die Kapitel eins bis fünf übernehme ich die Verantwortung. Mit allem, was danach zu Papier gebracht wurde, habe ich nichts zu tun.

Man kann Haustiere erziehen, aber man muss nicht. Es ist doch schön, zu sehen, wenn sie einen eigenen Charakter entwickeln. Es genügt, ihnen – wie Kindern – einige Verhaltensweisen mit auf den Weg zu geben. Denken wir daran wie es wäre, uns Menschen würde jede Kleinigkeit vorgehalten werden – mal abgesehen von der Ehe.

Viele sind der Ansicht, Tiere hätten weder Mimik noch Gestik, dies bliebe dem Menschen vorbehalten. Das möchte ich zu wiederlegen versuchen. Besonders unsere Haustiere geben uns, wenn wir uns darauf einlassen, mit ihrem gesamten Körper Signale. Hier soll das aber nicht aus unsere Sicht dargestellt werden, sonder aus der unseres Hundes. Dazu sei noch erwähnt: Mir ist es zuwider, mich anpassen zu müssen. Dies haben meine Gattin und ich, bei der *Erziehung* unseres Hundes mit einzubeziehen versucht. Soll heißen, wir wollten – also genau genommen ich –, dass er seinen eigenen Charakter entwickelt. Das wird im weiteren Verlauf nicht nur mit unserem Hund zu Kommunikationsschwierigkeiten führen, sondern auch mit meiner mir Angetrauten.

1. Kapitel:
Die verlorene Diskussion

Wie bei vielen Paaren, so auch bei uns, war der Wunsch nach einem Haustier groß. Dabei wichen unsere Meinungen doch ein wenig voneinander ab. Dazu muss angefügt werden, dass wir zu diesem Zeitpunkt eine Wohnung der Stadt Wien bewohnten. Also einen Gemeindebau. Während ich zu einem Hund tendierte, war für meine Frau eine Katze das Richtige.

Nun, diese Debatte konnte ich nicht für mich entscheiden: »Mit dem muss man Gassi gehen … Bei jedem Wetter … Dem sein Gackerl muss immer ins Sackerl … Das nervt ja schon beim dran Denken!«

Mein Gegenargument verpuffte: »Mit dem kann man schmusen.«

»Das kann eine Katze auch, außerdem schnurrt sie.«

»Aber einem Wuff kann man Kunststücke beibringen.«

»Ach … ich dachte, du willst keinen Dressierten, sondern einen mit eigenem Charakter?«

Damit war klar: Es wird eine Katze.

Schon bei unserem ersten gemeinsamen Mitbewohner konnten wir uns auf keine gemeinsame

Erziehung einigen. Das Tier beschränkte seine Zuneigung zu mir darauf, mich abends genüsslich in die Zehen zu beißen. Daran kann man sich gewöhnen. Auch daran, dass man, wenn man vom Einkaufen zurückkommt, plötzlich Krallen im Oberschenkel spürt und sich jemand am Oberschenkel emporhangelt. Klar, da hatte ich gerade das Fleisch ausgepackt. Aber die Zuneigung dauerte gerade mal fünf Minuten: Fleisch weg. Katze weg.

Aber ich hatte mich an sie gewöhnt, sie war mir sogar richtig ans Herz gewachsen. Denn – ganz nach meiner Lebenseinstellung –sie verbog sich nicht. Sie lebte nach dem Motto: *Nimm mich, wie ich bin, oder lass es.* Also hatten wir uns arrangiert – bis zu jenem verhängnisvollen Tag …

Wir kamen von der Arbeit. Wie immer suchten wir unseren Vierbeiner. Im Dielenschrank – ein beliebter Rückzugs Ort – war nichts. Im Wohnzimmer, unter der Couch, im letzten Winkel: nichts. Badezimmer … oh Schreck: Blut an der Wasserleitung. *Wo ist sie? Was ist passiert?* Endlich, sie stand in der Diele. Aber sehr lethargisch. Also wieder rein in den Mantel und ab zum Tierarzt.

Was dann geschah, ist mit Worten nicht zu beschreiben. Die Diagnose war niederschmetternd: Nierenversagen. Keine Chance, vielleicht noch ein paar Wochen, aber nur mit schweren Medikamenten. Nun mussten wir eine Entscheidung treffen. Nein, das Tier sollte nicht leiden. Unter Tränen und mit einer leeren Katzenbox fuhren wir nach Hause. »Kein Haustier mehr«, beschlossen wir. Noch mal wollten wir keinen Freund verlieren.

Doch alles sollte anders kommen …

2. Kapitel:
Endlich ein Haus

Das Stadtleben wollte uns nicht mehr so richtig gefallen. Also fassten wir den Entschluss, uns ein Häuschen auf dem Land zu suchen. Wir hatten schon einige besichtigt, da schlug das Schicksal wieder zu: Uns erreichte die traurige Nachricht vom Ableben der Großmutter meiner Gattin.

Nach der Beerdigung wurde der Familienrat einberufen. Es war zu entscheiden, was mit dem Anwesen der Großmutter geschehen sollte. Niemand wollte aufs Land ziehen – außer uns. Somit wurde einstimmig beschlossen, dass wir dort wohnen sollten. Das war der Hammer! Endlich ein eigenes Grundstück, mit riesigem Garten. Ein Traum erfüllte sich.

Nichts konnte mir mehr schnell genug gehen. Nicht einmal die Baustelle hielt mich davon ab, am Wochenende dort zu nächtigen. Das wiederum zog Widerstand bei meiner besseren Hälfte nach sich. Aber, welch Einmaligkeit, ich konnte mich durchsetzen.

Nach knapp einem Jahr war es soweit: Weihnachten, die ersten im eigenen Haus.

Alles lief super, aber etwas fehlte. Ein Haustier. Doch wie beibringen? Na, mir würde schon etwas einfallen.

3. Kapitel:
Bekanntschaft mit einem Hund

Es gingen einige Monate ins Land, dann ergab sich eine Chance. Bei einem Spaziergang begegnete uns ein Mann mit seinem Welpen. Ein Wollknäuel. Unbeholfen tapste er auf meine Frau zu. Sie war ganz hin und weg. Meine Zeit war gekommen …

»Der ist lieb … Ja so ein kuscheliges Viecherl …«
Nun war es an der Zeit, meine Bekannten ins Spiel zu bringen: »Du, da gibt's einen Wurf mit acht Mischlingen. Wollen wir sie uns mal ansehen?«

»Na ja, ansehen kann man sie sich ja mal. Aber auch nicht mehr.«

Gewonnen!

Schon für das nächste Wochenende vereinbarte ich einen Termin.

Auf dem Weg dorthin wurde zu meiner Unterstützung die Tochter meines Cousins abgeholt.

Bei meiner Bekannten angekommen, wurden wir in die Küche geleitet. Wir hatten kaum Platz genommen, da kam ein wunderschöner hellbrauner reinrassiger Jagdhund zur Tür herein. Dies sei die Mutter, erklärte man uns. ´

Es wurde Kaffee serviert, geplaudert. Dabei kam zutage, dass der zur Diskussion stehende Vierbeiner der Kleinste des ganzen Wurfes sei. Er kam auch als Letzter zur Welt. Seine Geschwister waren weit kräftiger und drängten ihn immer zur Seite, sodass er nur den Rest der Muttermilch abbekam, deshalb sei er ein wenig hager.

Während des Gesprächs kamen zwei weitere Hunde in die Küche. Einer der beiden stürmte auf mich zu, überwand das Hindernis *Ehefrau*, sprang an mir hoch, setzte sich auf meinen Schoss und ließ seiner Zunge freien Lauf. In den nächsten fünf Minuten hatte ich Mühe zu atmen, so Intensiv war die Bearbeitung des kleinen Vierbeiners.

Mich hatte er im Sturm erobert, bei meiner Frau sah das aber etwas anders aus, denn er war ein knochiger, kurzhaariger, einem Labrador ähnelnder Welpe. Genau das Gegenteil von dem, was sich meine Partnerin vorstellte. Aber darauf konnte in diesem Augenblick keine Rücksicht genommen werden.

»Den nehmen wir mit.«

»Aber wir sind doch nur hier, um ihn uns anzusehen.«

»Habe ich, gefällt mir, will ich haben.«

Die Diskussion war kurz, die Heimfahrt schweigsam, der Sieg mein.

4. Kapitel:
Die Vorstellung

Stolz verkündigte ich allen Verwandten und Bekannten: »Wir haben einen HUND!«

Natürlich wollten ihn alle kennenlernen. Dem Ansinnen kam ich gerne entgegen. Auch konnte ich ihn zu Beginn mit zur Arbeit nehmen, was für uns beide sehr angenehm war. Bei jedem, den wir in nächster Zeit besuchten, war noch *mein* Hund der Star. Obwohl nicht gerade das, was man sich unter einem kuscheligen Welpen vorstellte, konnte er mit seiner freundlichen anschmiegsamen Art punkten. Auch seine Fressgier wurde anfangs belächelt. *Der ist ja so schmächtig, der kann schon was vertragen*, war die einhellige Meinung.

Schön langsam begann sich eine Bindung zwischen Frau und Hund aufzubauen. Das ist bis heute so geblieben, nein, sie wird sogar mit jedem Tag enger.

Nun war die Tante an der Reihe, unseren neuen Mitbewohner kennenzulernen. So begann eine, für manche etwas merkwürdige, Freundschaft. Da sie gehört hatte, wie zart gebaut er war, immer hungrig, brachte sie zur Begrüßung eine klein geschnittene Knackwurst mit. Das war ein Festschmaus für den kleinen Racker. Auch dieses Ritual besteht bis heute. Jeden Donnerstag zum Kaffeeklatsch oder sonstigen Besuche musste eine Wurst bereitgestellt sein.

Zu guter Letzt wurde nun noch getestet, wie er sich mit meiner Enkeltochter verstehen würde. Diese verbrachte ab und an das Wochenende bei uns. Nun war es wieder mal soweit. Der Tag verlief ohne Probleme, die beiden spielten im Garten, schienen sich gut zu verstehen. Dann kam die Schlafenszeit. Inzwischen hatte es – jetzt schon *unser* – Hund ins Bett geschafft. Nun lag da ein kleines Mädchen – was ihn aber nicht groß störte; er nahm seinen Platz ein und das Mädchen musste mit dem Rest zurande kommen. Erstaunlicherweise klappte das ganz gut. So verlief die Nacht recht ruhig.
Am darauffolgenden Morgen, alles schien noch zu schlafen, bereitete ich das Frühstück vor. Doch plötzlich: Wirbel. Die Enkeltochter verbarg sich unter der Decke, Hund hüpfte um sie herum, versuchte, unter selbige zu gelangen. Was war los? Als ich Lachen hörte, fiel mir ein Stein vom Herzen. Hund versuchte, die Socken der kleinen Dame zu schnappen, das versuchte die wiederum zu verhindern – was nicht immer gelang. Dann bekamen wir zu hören: »He, der hat meine Socken gestohlen!« Das könnte man *Liebe auf den ersten Socken* nen-

nen. Diesen Brauch behielten sie so lange bei, bis mein kleines Mädchen ein Fräulein wurde.

Nun war Hund jedem vor- und ich hinten ange-stellt. Aber das wollte ich ja so. Vielleicht nicht in diesem Umfang, aber damit musste ich nun leben. Von der Gegenseite war kein Verständnis zu erwar-ten.

5. Kapitel:
Namensfindung

Nun, ihn immer *Hund* zu rufen, war auf lange Sicht gesehen nichts. Als Mitglied der Familie musste ein Name her. Das erwies sich als nicht so einfach, denn wie meistens, gingen die Meinungen etwas auseinander.

Da ich ein Fan von Action-Filmen bin, waren für mich sofort einige Namen greifbar, wie zum Beispiel *Arnie* oder *Sylvester*. Das stieß allerdings auf keine Zustimmung. Als Alternative wurde *Struppi* angeboten, oder *Cesar*.

Jetzt war guter Rat teuer. Ich bin immer zu Kompromissen bereit, aber das glich einer Verstümmelung. Ein tiefschwarzer kniehoher Hund mit glänzendem glattem Fell und kräftigem Gebiss – den sollte man *Struppi* rufen? Nein, auf keinen Fall!

Eines Tages, bei einem Spaziergang: Unser Hund war neugierig wie immer, bei jedem offenen Tor musste er die Chance nutzen, das dahinterliegende Gelände zu erkunden. Das hatte zur Folge, dass man ihn einen *Zigeuner* nannte. Das brachte uns dann auf die Idee, den englischen Begriff zu verwenden: *Gipsy.* Perfekt. Er war mit der Namensgebung zufrieden und hörte vom ersten Tag an darauf.

Gipsys Art zu kommunizieren basiert auf seinen Blicken – die von böse bis traurig reichen – und seiner Stimme: leises Winseln, tiefes Brummen. Ob Kopf oder Pfoten: alles wird eingesetzt, um auf sich aufmerksam zu machen. Aber auch sein Schwanz setzt Zeichen: freudig erregt wedelnd oder hoch aufgerichtet, um sein Territorium zu manifestieren. Oder aber kerzengerade nach hinten gerichtet: *Bin auf der Jagd.*

Alles kann hier nicht beschrieben werden, denn manches liegt ganz einfach im Auge des Betrachters. Menschen mit Haustieren haben eine eigene Beziehung zu ihren Mitbewohnern. Diese ist für Außenstehende oft nicht nachzuvollziehen.

Damit ist mein Teil der Erzählung abgeschlossen. Was nun folgt, liegt nicht mehr in meiner Verantwortung.

Dies wurde zu Gipsys 14. Geburtstag verfasst.

Kapitel 6:
Das wichtige Ende der Leine

Gestatten, liebe Leser, ich möchte mich Ihnen Vor-stellen: Gipsy der Name.

Nachdem die hinten an der Leine Ihnen ihre Ein-drücke vermittelt haben, folgt nun meine Sicht der Dinge.

Alles begann mit meiner Geburt. In einem Wurf von acht Welpen erblickte ich als Letzter das Licht dieser Welt, was zur Folge hatte, dass ich, aufgrund ständiger Futtersuche – als Letzter muss man kämpfen – etwas mager geraten war. Inzwischen bin ich aber mittelgroß und wiege 25 Kilo, bin also gut in Schuss.

Bevor diese Geschichte so richtig beginnt, noch ein paar Informationen zu meinen Fähigkeiten: Da wären also die Augen; die brauche ich nicht so wirklich, bin ja keine Katze. Dafür meine Ohren, die sind zwar ein wenig geknickt, funktionieren dafür aber ausgezeichnet – ich höre alles, wenn ich will. Und das brauche ich, wenn wir unterwegs sind. Erfassen meine Ohren ein Geräusch, tritt mein bestes Organ in Aktion: meine Nase. Das wird noch sehr wichtig. Ich nehme die Spur auf, kann genau unterscheiden, wer da unterwegs war oder sich gerade im Unterholz verbirgt. Dann beginnt die Jagd – leider ist die Leine etwas hinderlich. Mit dem Riechorgan kann ich aber nicht nur in der Natur gut umgehen, auch bei den Menschen ist sie sehr hilfreich. Sie gibt Aufschluss darüber, ob es etwas Leckeres zu erbeuten gibt. Aber darüber später mehr.

Die Menschen, bei denen ich lebe, rufen mich *Gipsy* – Zigeuner. Witzig, ich bin doch kein Herumtreiber. Aber sie sind soweit in Ordnung. Leider bin ich bei ihrer Erziehung ein wenig nachlässig gewesen.

Herrchen ist der Chef, denkt er. Also lassen wir ihm das Gefühl. Dann wäre da noch Frauchen. Das ist gut so, ich mag sie, außerdem ist sie sehr nützlich. Leider kleben sie immer so aneinander. Dann muss ich dazwischengehen. Dann belle ich oder mache mich anderweitig bemerkbar. Im Bett ist das einfacher, da lege ich mich ganz einfach dazwischen.

Wie aber kam ich zu den beiden?

Eines Tages begann ein stetiges Kommen und Gehen in meinem damaligen Zuhause. Ein Geschwisterchen nach dem anderen verließ uns. Zum Schluss waren nur mehr meine dicke Schwester und ich da. War mir aber egal, nun war wenigstens genug zu futtern da.

Dann kam wieder so ein Tag mit vielen Leuten, anfangs ohne nennenswerte Ereignisse. Dann aber kamen ein Mann mit Bart und Bauch (gefiel mir, der Typ) mit einer ansprechenden Frau herein. Erst mal hielten meine Schwester und ich uns im Garten auf, bis wir gerufen wurden. Dann aber nichts wie ab in die gute Stube; ich natürlich vorweg, die Dicke konnte da nicht mithalten.

Da saßen sie nun. Die Frau wandte sich meiner

Schwester zu (mich würdigte sie keines Blickes), hob sie hoch und begann, sie zu streicheln. Nun dachte ich *Angriff*, stürmte auf den Mann zu, sprang ohne Rücksicht auf Verluste auf die Bank, dann an Bart hoch, fuhr meine Zunge aus und begann, sein Gesicht abzulecken. Das zeigte Wirkung: seine Augen weiteten sich, der Oberköper kippte zurück. Mein erster Gedanke war: *Zu viel? Mist, schief gelaufen.* Dann spürte ich seine Hände – doch es war keine Abwehr, wie bei meinen anderen Versuchen Eindruck zu schinden. Ganz vorsichtig streichelte er über meine hervorstehenden Rippen. Mehr war damals noch nicht vorhanden. Die Frau sah dem Treiben ein wenig skeptisch zu. Das war mir zu dem Zeitpunkt egal, die würde ich auch noch herumkriegen. Es begann eine Diskussion, was weiter geschehen sollte. Die Wahl fiel auf mich, so hatte der Bart entschieden. Danach glaubte ich zu wissen, wer das Sagen hat. Nun, auch Hunde können irren.

Es begann ein neuer Lebensabschnitt und eine Strategie musste her. In solchen Situationen ist es am besten abzuwarten und die Dinge sich entwickeln lassen. Man muss flexibel sein, handeln nach Bedarf. Eigentlich sind die Zweibeiner leicht zu durchschauen und gut zu steuern.

Nun kam die Zeit des Lernens. Man versuchte, mir dies und das beizubringen, aber im Grunde war ich sehr frei in meinen Entscheidungen. Die wurden zwar nicht immer kritiklos zur Kenntnis genommen, aber man muss in der Erziehung auch zu Kompromissen bereit sein. Am Anfang war ich ohnedies sehr mit dem Umfeld beschäftigt. Da war die ältere Dame, die mir vom Start weg sehr zugetan war. Sie war mir auch sympathisch, vor allem ihre Besuche – die waren immer mit Wurst verbunden. Dann war da noch das anfangs kleine Mädchen, meine Spielgefährtin. Manchmal blieb sie das ganze Wochenende bei uns, dann war was los!

So bekam ich schön langsam einen Überblick, konnte mir eine Zuordnung und Verhaltensweisen zurechtlegen. Die Stellung im Rudel wurde auch klarer. Der Mann mit Bart, den sie *Willi* nannten, markierte den Chef. Dann war da noch die Frau, *Gabi* genannt. Bei der älteren Frau handelte es sich um die Tante der beiden. Für mich war sie die *Wurstfrau*. Dann war da noch das Mädchen, es stellte sich als Enkeltochter heraus. Sie wurde *Yasmina* gerufen. Es gab noch eine Menge anderer, aber für mein Leben waren diese vier ausschlaggebend.

Nachdem dieser Lernprozess abgeschlossen war, konnte mit dem Entwickeln einer Strategie begonnen werden. Als Erstes war es wichtig, Gabi zu erobern. Wie sich herausstellte, hatte sie den Bart gut im Griff. Nun, das war im Grunde nicht schwer, eine meiner leichteren Aufgaben. Ein Küsschen am Morgen, ein wenig Schmeicheln nach der Fütterung, Augenrollen beim Streicheln ... Wenn gar nichts half: Erschreckt wirken geht immer.

Nun hatte ich die Sache im Griff – mit einer Ausnahme: die Abendruhe. Da ja klar war, dass ich im Bett schlafe, mussten die Platzverhältnisse geklärt werden. Die beiden machten sich sehr breit, außerdem wollten sie immer zusammen kuscheln. Dagegen musste vorgegangen werden. Zu Beginn war es einfacher; als kleiner magerer Hund reichte ein leises Wimmern und schon war ich Mittelpunkt, es folgten Streicheleinheiten und Platz für zwei von meiner Statur. Später wurde es schwieriger, mit zunehmendem Gewicht und Größe meinerseits wurden die beiden rücksichtsloser. Aber da konnte ich mithalten ... wobei die Strategien vom Geschlecht abhängig waren: Beim Weibchen reichte es, mich fest an sie zu drücken, schon wich sie. Beim Bart war das schwieriger, der hatte ja noch den Bauch, also Gewicht. Hier half es, mich einfach auf ihn drauf zu legen. Die erfolgreichste Maßnahme war den Kopf auf seine Füße zu packen, dann zog er sie ein; dann musste ich nur noch fix nachrücken. Heute reicht meist ein Brummen, bin ja schon älter, brauche mehr Rücksicht. Zugegeben, die bekomme ich auch. Die Erziehung war diesbezüglich sehr erfolgreich.

Natürlich sollte ich auch etwas lernen. Gewisse Regeln, so wurde mir bald klar, sollte man beachten – aber immer mit kleinen Vorbehalten.

Zum Beispiel Ballspielen: Der Ball wurde geworfen, brav lief ich los und schnappte ihn mir. Das freute die beiden. Sie riefen mich, aber … vergeblich. Hatte ich Lust zu spielen, lief ich mit dem Ball im Maul auf sie zu. Man streckte mir die Arme entgegen. Aber … vergeblich; kurz vor ihnen bog ich ab. Verdutzt blickten sie mir nach. Also kehrt und noch mal dasselbe. Es hat etwas gedauert, sie so zu trainieren, das0s sie hinter mir herjagten. Leider dauerte dies nie lange, ihre Kondition ließ zu wünschen übrig. Daran musste gearbeitet werden. War an einem solchen Tag aber viel Betrieb außerhalb des Gartenzaunes, nahm ich den Ball und verschwand hinter einer Gartenhütte. Dort wurde er abgelegt und sich den Vorbeispazierenden zugewandt. Das verstörte Willi und Gabi zwar, aber es war eine erforderliche Maßnahme, um meine Prioritäten klarzustellen. Dies wurde mit Fortdauer meines Aufenthaltes mehr und mehr akzeptiert. Somit auch wieder ein Erfolg.

Meine Spielgefährtin, das kleine Mädchen, war inzwischen ganz schön gewachsen. Nun kam sie nicht mehr für mehrere Tage, jetzt beschränkte sich der Besuch auf einige Stunden.

Aber als Ausgleich hatten ihre Eltern ebenfalls einen Hund zu sich genommen, genauer gesagt ein Mädchen. Herrlich, endlich auch eine Freundin. Blond, etwas kleiner als ich, ein wenig zickig, aber als Gentleman konnte ich damit umgehen. Am besten stelle ich sie Ihnen bildlich vor. *Meggi* wird sie gerufen. War auch schon auf Urlaub bei uns. Davon Später, nun so sieht sie aus:

Ihre Besuche untergraben ein wenig meine Autorität im Rudel. Sie bringt den Ball immer zurück, ist einfach zu verspielt. Meist folgt sie auch den Anweisungen der Zweibeiner schon beim ersten Mal. Einzig beim Futter ist sie unerbittlich. Hier duldet sie keine Einmischung. Aber daran werden wir arbeiten.

Nun zu meiner Überlegung, das Ballspiel ein wenig zu adaptieren. Also: das Spielgerät nach dem Werfen aufnehmen, Richtung Werfer laufen, aber kurz vor ihm lege ich mich hin, rolle zur Seite und zeige meine Unterseite. Daraufhin wird mein Bäuchlein gestreichelt und dafür bekommen sie dann den Ball. Es gibt Lob, vielleicht sogar ein Leckerli. Nun läuft das Spiel nach meinen Regeln und die Menschen sind auch zufrieden, werten das glatt als ihren Erfolg. Sie sind halt leicht zu manipulieren.

Aber es gibt noch eine Sache, die macht mir echt zu schaffen; ein heikles Thema: Sex. Ja, auch Hunde haben so etwas. Was soll das blöde Grinsen?
Für uns Vierbeiner ist das ein echtes Problem. Bei uns läuft das ja über die Nase. Wir Rüden riechen, ob das Weibchen willig ist. Gefällt mir eine – und mir gefallen sie alle –, beschnuppere ich sie. Das geht ja noch. Wenn ich aber dann die Rückseite beschnuppere, ist Schluss mit lustig. »Pfui, was macht der!«, heißt es dann. Und weg ist die Dame meiner

Träume. Herrchen ist da ein wenig aufgeschlossener, der lässt mich machen. Leider war er mir bis dato aber keine große Hilfe. Es gelang ihm ebenso wenig wie mir, einen Erfolg herbeizuführen. Auch bei Hunden schlägt das Schicksal erbarmungslos zu. Nach solchen Erlebnissen bin ich dann immer ein wenig niedergeschlagen, was meine beiden Leinenhalter zu dem Spruch veranlasst: »Na schau, ist der heute brav.« Das ist nicht hilfreich.

Beim Thema *Futter* gibt es noch Lernbedarf bei den beiden. Da funktioniert nicht alles so, wie ich mir das vorstelle. Solange ich mit Herrchen zur Arbeit fuhr, war das keine Sache. Überall wo wir hinkamen, gab es etwas für mich abzustauben. Außerdem stand immer eine Futterschüssel bereit – aber nur für Notfälle, wenn Herrchen weniger Zeit für mich hatte. Meist saßen er und ein älterer Herr in seinem Büro, dann gab es von rechts und von links Wurst- und Käse-Semmeln, was halt gerade auf ihrem Speiseplan stand.

Doch dann war diese Zeit vorüber, Willi blieb zu Hause, wurde halt auch alt – was wiederum zu neuen Problemen führte: das Futter zur richtigen Zeit. Waren beide anwesend, genügte es, einen mit der Nase zu stupsen, dazu ein Blick Richtung Futternapf – dann wusste sie: Hund hat Hunger. Wichtig war in diesem Augenblick, das Futter zu beschnup-pern, nicht aber anzunehmen. Man sollte immer eine weitere Option im Auge behalten. Wie zum Beispiel das, was die beiden auf dem Teller hatten. (Aus meinem Napf würde nichts verschwinden, das hatte ich längst festgestellt – außer Meggi war an-wesend, dann war Eile geboten beim Napfleeren.) Meine Taktik machte die beiden nicht immer glück-lich, aber darauf kann man bei der Erziehung keine Rücksicht nehmen. Inzwischen habe ich diese Stra-tegie beinahe perfektioniert und selbst wenn je-mand zu Besuch kommt, setze mich vor die beiden hin, mache ein trauriges Gesicht, ein paar Falten zwischen den Augen und … gewonnen. Weniger Leckeres nehme ich zwar auch, trage es aber unter Protest der Anwesenden in den Garten.

Sind der Bart und ich aber alleine, wird es etwas schwieriger. Wenn er an seinem Computer sitzt, hilft kein Stupsen, auf Bellen wird auch nicht re-agiert. Das ist dann ein Scheißtag und es muss auf das Trockenfutter zurückgegriffen werden das, zu-gegeben, 24 Stunden zur Verfügung steht. Aber das kann man nicht mit Fleisch vergleichen. Es kommt zwar nicht oft vor, aber hier konnte ich noch keine Strategie entwickeln, die mich weiterbringt.

Dann gibt es wieder Tage, an denen der Futternapf nie leer zu werden scheint. Auch wenn man es nicht glaubt: Das ist eine schwierige Situation. Es muss behutsam vorgegangen werden. Nichts zu fressen könnte fatale Folgen nach sich ziehen. Die Menschen könnten auf den Gedanken kommen, es ginge mir nicht gut. Das wiederum würde zu einem Arztbesuch führen – da reicht mir einmal im Jahr. Oder es verstimmt sie, es gibt Schellte und das Futter ist wieder weg – keine infrage kommende Option. Also muss die erste volle Schüssel weggeputzt werden; bei Fleisch eine meiner leichteren Übungen. Aber kaum bin ich fertig – Schwups! – ist alles wieder voll. Was denken die, geht in so einen mittelgroßen Hund rein?

Vor allem: Es will irgendwann wieder raus; was nicht in fester Form kommt, wird gasförmig abgesondert. Dagegen kann ich gar nichts machen. Die Menschen mögen das nicht, reagieren verstört. »Wie kann ein so kleiner Körper so stinken?«, fragen sie dann tagsüber reicht ein hilfloser Blick, abends hilft es, sich schlafend zu stellen. Bei kleinen Abgasunfällen kommt es darauf an, keine Regung zu zeigen, bei größerer Geruchsbelästigung ist ein Ausflug in den Garten hilfreich. Die Tageszeit ist dabei nicht wichtig. Meist wird das von den beiden begrüßt, das Öffnen der Haustür bringt auch ein wenig Erleichterung. Nachts allerding kann es vorkommen, dass mich die Worte, »Ja, bitte geh!«, begleiten. Aber wenn Herrchen furzt, wird das ignoriert. Da kann ich manchmal nur die Flucht ergreifen.

Spaziergänge – ich liebe sie! Die Rituale vorher sind allerdings ein wenig nervig. Hier wird noch unterschieden zwischen Schlechtwetter (Regen, Sturm) und Sonnenschein, sehr hohen Temperaturen oder Winter. Wenn das Thermometer mehr als 25 Grad aufweist, wird auf einen Rundgang verzichtet. Das begrüße ich sehr. Hitze kann ich gar nicht vertragen. Bei Schnee blühe ich jedoch auf wie ein Schneeglöckchen.

Aber widmen wir uns wieder den Vorbereitungen. Dabei gibt es auch noch Unterschiede zwischen Wochentagen und Wochenenden. Das kann einen schon ganz schön stressen. Könnte ich mir selbst die Leine anlegen, würde alles viel schneller ablaufen, aber ich komme mit dem Verschluss nicht klar. Mir bleibt nichts anderes übrig, als mich mit der Situation zu arrangieren. Hier hilft oft nervöses Herumzappeln – aber nicht immer, es kann auch zu unschönen Szenen führen. Wenn der Bart schlecht drauf ist, murrt er dann herum: »Na, wirst es noch erwarten.« Oder: »Du machst mich nervös«. Ganz schlimm ist: »Gib Ruhe, sonst bleiben wir zu Hause!« Drohungen gegen einen unschuldigen Hund, das hab ich gerne. Aber was bleibt mir übrig, außer mich zu gedulden?

Also hinsetzen und zusehen, was da abläuft. Nehmen wir den Sommer: feste Schuhe, gut, braucht man. Wasser für mich, sehr aufmerksam. Wasser für ihn, gut, muss ja nicht ich schleppen. Eine Tasche um den Bauch, ein Handy, was zum Knabbern, Kleingeld ... keine Ahnung, wozu. Und dann, endlich, fertig ... Nein? Fehlanzeige, doch noch nicht. Tasche wieder runter, er muss noch aufs Klo. Dann liegen meine Nerven aber blank. Ich stelle mich vor die geschlossene Tür und beginne zu heulen. Zuerst eher weinerlich, mit Fortdauer der Sitzung jedoch immer zorniger. Dies wiederum zieht Reaktionen nach sich. Aus dem Klo: »Ruhe!« Aus der Küche: »Gipsy, komm her!« Sicher nicht. Jetzt sind Ausdauer und Beharrlichkeit gefragt. Also schalte ich um auf Bellen. Das wirkt nicht immer, aber die Erfolgsquote liegt bei rund 70 Prozent.

Ist Frauchen nicht zu Hause, geht das alles viel schneller. Warum? Das weiß niemand so genau. Das Abschiedsküsschen ist auch schon egal.

Endlich, Geschirr am Körper und Abmarsch. Tür auf – ich sprinte hinaus, Bart hinterher ... und wieder kehrt; Sonnenbrille vergessen. Der macht mich fertig!

Endlich sind wir außerhalb des Gartens, die Leine angelegt und los geht's. Gut dass ich so fit bin, andere wären schon müde, bevor die ersten Schritte gemacht wurden.

Dann wäre noch der Winter; auch nicht besser. Da beginnt es schon bei der Unterwäsche: Lange Unterhosen … wie kann dem kalt sein, bei seiner Leibesfülle? Egal, ein warmes Unterleibchen also, Mimose. Gut, noch ein Hemdchen, noch eine Hose. Dann die Schuhe: hoch, warm, zum Schnüren. Das dauert. Fertig? Nein! Noch ein Jäckchen, Schal, Haube, Handschuhe. Meine Stirn legt sich in Falten. Fehlt noch was? Schaut doch mal mich an: ein dünnes glattes Fell, mehr nicht. Reicht auch. Na ja, Menschen halt. Er blickt in die Runde, ich warte. Er schaut ins Schlafzimmer, in die Küche … herrje … Ich mache mich mit leisem Knurren bemerkbar. »Ja, gleich.« Dann endlich, endlich: Es kann losgehen!

Zu Beginn ist er noch ein wenig steif, da muss man die Leine straff halten. Bei dem Gewicht hinten an der Leine ist das Schwerstarbeit. Daher stammen meine Muskeln, ich bin quasi der Bodybuilder unter den Hunden. Aber nach einer Weile haben wir uns auf ein Tempo geeinigt, jetzt kann ich mich auf das Wesentliche konzentrieren. Es gibt immer etwas zu entdecken und die vielen Gerüche – herrlich. Ein Geräusch und meine Ohren sind auf Empfang: ein Reh, ein Sprint, ein Ruck – Leine zu kurz. Herrchen wankt, fällt aber nicht. Weiter: Hase voraus – zu weit für eine Versuch, Leine im Weg. Außerdem Barts Bauch zu schwer, das wäre ein sinnloser Kraftakt. Also warten auf die nächste Chance. Vielleicht kann ich ihn ja mal austricksen. Weiter geht's …

Aber irgendwann sind wir wieder zu Hause, schade. Das sind mitunter die schönsten Stunden des Tages. Ich freu mich schon auf den nächsten Tag. Hier muss auch mal ein Lob ausgesprochen werden, denn das tolle Programm findet täglich statt.

Bei diesen Ausflügen kommt es hin und wieder vor, dass wir Artgenossen von mir begegnen. Dann plaudere ich gerne mal etwas – aber nur mit den Sympathischen, die anderen werden angeknurrt oder verbellt. Dabei stellte sich heraus: Eigentlich habe ich ein kleines Paradies gefunden; mein Garten, meine Zweibeiner.

Ah, Ihr kennt meinen Garten ja noch gar nicht. Bitte, mein Garten, nein, mein Königreich:

Hier kann man es aushalten. Kleine Einschränkungen gibt es zwar – Blumen dürfen nicht ausgegraben werden, graben ist generell nicht gerne gesehen – aber trotzdem schön. Ich versuche, mich an die Regeln zu halten, aber sie machen es mir nicht leicht. Ich kann ja nicht jeden Knochen oder irgendwelche anderen Leckereien sofort verspeisen. Aber wir konnten uns auf einen Kompromiss einigen: meine Wiese.

Hier bin ich unumschränkter Herrscher. Mäuse jagen, umgraben, Blumen ausreißen – alles erlaubt. Aber es kann schon mal vorkommen, dass ich mein Territorium verlasse. All die schönen Knochen und Spielzeuge auf so engem Raum zu vergraben, um sie für magere Zeiten aufzubewahren, macht keinen Spaß, bei solch einer Fläche. Das muss besser genutzt werden.

Die Aufteilung des Gartens ist mir inzwischen schon geläufig. Das Rosenbeet ist Sache der Weiblichkeit. Kommt aber als Aufbewahrungsort ohnehin nicht infrage. Das habe ich schmerzlich zur Kenntnis nehmen müssen: Stacheln, überall, Stacheln. Man kann sich drehen und wenden wie man will, die sind einfach überall. Diese Gegend meide ich. Meistens. Nur wenn sich die beiden in die Gartenarbeit vertiefen ohne mich zu beachten, kann ein Abstecher dorthin nützlich sein: kurz aufgejault, vordere Pfote angewinkelt, trauriger Blick – schon sind beide zur Stelle. »Och, wo steckt denn der schlimme Stachel?« Dann werde ich abgetastet und gestreichelt. Ich schaue sie dabei von unten her an, leidend, versteht sich. Man kann richtig sehen, wie sie schmelzen; wie Schnee in der Sonne. Irgendwann ist damit dann aber auch wieder Schluss.

Die große Rasenfläche ist dem Herrn zur Arbeit zugeteilt. Es macht Spaß, neben ihm herzulaufen, wenn er das Gras mäht. Das bewegt ihn dazu, ein wenig schneller zu agieren. Er beginnt dann zu schwitzen und macht auch mehr Pausen. Dies wiederum kommt mir zugute, denn dann setze ich mich vor ihn hin und werde liebkost. Eine feine Sache. Aber manchmal kann es ganz schön anstrengend sein, auf sich aufmerksam zu machen.

Dann sind da noch einige Anlagen mit Blumen und Sträuchern, ebenfalls unter männliche Aufsicht. Die bieten sich zum Vergraben von Gegenständen an. Sie sind immer gepflegt, das heißt: schön weicher Untergrund, wunderbar leicht zu bearbeiten. Ein Loch ist ohne größeren Aufwand schnell gegraben. Auch das Zuschaufeln, da ich das mit der Schnauze mache, ist angenehm mit weichem Untergrund. Aber das muss gut überlegt werden. Wichtig ist dabei, die beiden im Auge zu behalten. Herrchen kann schon mal böse werden. Vor allem hat er eine laute Stimme – da hören sogar die Nachbarn mit. Meine Ohren können ebenfalls ein Lied davon singen. Außerdem verweigert er dann auch noch die Streicheleinheiten. Das ist keine wünschenswerte Situation. Daher muss man eine günstige Gelegenheit abwarten. Ein Gespräch mit Nachbarn bietet sich da an. Natürlich ist es am günstigsten, wenn sie sich ins Haus zurückziehen. Das gibt mir dann alle Möglichkeiten. Es kann in aller Ruhe sondiert werden, wo noch nichts deponiert wurde; schließlich kann ich mir ja nicht alles merken. Es kam schon vor, dass bei Sanierungsarbeiten plötzlich etwas von mir wieder aufgetaucht ist. Aber auch kein Problem, ich bekomme alles wieder zurück. Dann beginnt die Suche nach einem Versteck halt wieder von vorne. Es hat nur den Nachteil, dass ich dabei dann beobachtet werde, was die Sache natürlich erschwert. Aber für solche Fälle habe ich ja meine Wiese. Man kann alles im hohen Gras ablegen, bis sich eine günstige Gelegenheit auftut. Dann holt man es, verbuddelt es sachgerecht und: alles perfekt.

Wenn an so einem Sommertag die Sonne schon am Vormittag vom Himmel brennt, ist das für mich mühsam. Mein Körper fühlt sich müde an. Durch mein schwarzes Fell heize ich mich auf wie ein Backofen. Da macht auch ein Spaziergang keinen Spaß. Aber mein Bart kennt da schon ein paar Alternativen: den Wald, schön kühl, viel Schatten. Das passt. Oder an unserem kleinen Bach entlang, da kann man Enten ärgern und im Wasser Abkühlung suchen. Ja, das hat schon was.

Im Garten wird nicht viel Rücksicht auf mich genommen, außer ich mache mich bemerkbar. Einige Möglichkeiten wurden ja schon erwähnt. Eine weiter an solchen Tagen – jetzt ist mir klar, warum die *Hundstage* genannt werden – ist, auf *erschöpft* zu machen. Das erfordert jedoch einen gewissen darstellerischen Aufwand. Erstens ist es wichtig, die Aufmerksamkeit auf sich zu ziehen. Dann der nächste Akt: hängender Kopf, Schwanz zwischen den Hinterbeinen eingeklemmt, Falten auf der Stirn, trauriger Blick. Erfolgt dann noch immer keine Reaktion, gehen wir zu unruhigem hin und her Wandern über. Meistens reicht dies aus, um Mitleid zu erregen. Endlich wendet man sich mir zu: »Schau wie der leidet!« Frauchen hängt am Haken. »Ja, schon gut, wir gehen in den Weinkeller.« Jawohl, der Bart hat alles, doch jetzt kommt es *mir* zugute. Angenehme Temperatur, Wasser und Futter vorhanden – so kann man es aushalten. Wenn Herrchen seinen Computer mitnimmt, steht einem angenehmen Nachmittag nichts mehr im Wege.

Für einen aufgeweckten Hund wie mich, der sehr viel auf Bewegung achtet, sind Ruhezeiten natürlich wichtig. Eine Konstante ist dabei die Mittagsruhe. Das weibliche Geschlecht ist dabei sehr hilfreich. Meist ist Gabi es, die zur Ruhe ruft. Manchmal aber, warum auch immer, sind sie nicht gewillt, sich an die Spielregeln zu halten. Aber ich brauche meinen Schönheitsschlaf. Es kommen noch Nachmittag und Abend. Vor allem in den Abendstunden muss ich fit sein. Nun muss ich also wieder in die Trickkiste greifen. Ganz schön anstrengend, diese Zweibeiner.

Es hat sich ganz gut bewährt, sich den beiden langsam zu nähern. Sobald sie sich mir zuwenden, lasse ich mich auf der Stelle fallen. Im Sommer ist dies meist in der Sonne. Dann bekomme ich zu hören: »Gipsy, geh aus der Sonne.« Bin müde, kann sie gar nicht hören. Jemand kommt auf mich zu und ich schaue, wer es ist; eigentlich egal. Ich werde vorsichtig angestoßen, erhebe mich mühsam, schlage die Richtung zum Haus ein. Ein kurzer

Blick, ob mir jemand folgt … Nein? Ich lasse mich wieder fallen. Noch mal dasselbe Spiel. – Bis mich jemand ins Haus begleitet. Dann heißt es: sofort ab ins Schlafzimmer, rauf aufs Bett und breitgemacht, schließlich brauche ich Platz. Geschafft, sie kommen. Nun noch meine Ansprüche der Platzverhältnisse verteidigen und der Ruhe steht nichts mehr im Wege.

Im Winter ist das Ganze ein wenig einfacher. Da man sich da meist im Hause aufhält, brauche ich nur in die Diele schleichen, mit gesenkten Haupt natürlich; man soll ja merken, dass ich erschöpft bin. Ich richte meinen Blick sodann in das Schlafgemach – erledigt. Zum Glück sind die beiden gut erzogen und reagieren auf meine Andeutungen.

Manchmal, wenn Bart mich nicht beachtet, da er sich um sein Grünzeug mehr Sorgen macht, blockiere ich seine Hälfte des Bettes. Das bringt aber nichts, jedenfalls nicht viel, denn der kann schon ganz schön rücksichtslos sein. Ist er mies drauf, drückt er mir seinen Vollmond ins Gesicht. Das hilft ihm aber auch nicht viel, ich bleibe einfach liegen und brumme ein wenig. Frauchen spielt dann den Schiedsrichter. Entweder sie drückt mich zart an sich oder sie schickt Bart zum Computer – was mir lieber ist, dann kann ich mich strecken und recken wie es mir passt.

Mittagspause beendet; Hunger. Die beiden haben, ohne mich zu wecken, das Bett verlassen; sitzen in der Küche bei Kaffee und Kuchen. Mit einem Satz bin ich aus dem warmen Nest und mache es mir vor ihnen bequem; Blick Richtung Tisch, Nase nach oben. Was gibt's Gutes? Heute steht Gugelhupf auf dem Speiseplan. Lecker. Sie plaudern, ohne mich zu beachten. So geht das aber nicht. Kurzes Anstoßen mit der Schnauze: *He, hier bin ich!* Ah, die erste Portion wird gereicht. Nachschub bitte. Ich bekomme noch ein paar Bröseln, zu wenig, wie immer. Mit den süßen Sachen gehen sie sehr sparsam um, was mich betrifft. Zum Glück gibt's dafür beim Fleisch größere Mengen.

Dann wieder ab in den Garten. Jetzt ist was los: Jede Menge Leute gehen an unserem Gartenzaun vorbei. Es sind auch immer ein paar Hundemädels dabei. Ein Küsschen durch den Zaun hat auch seinen Reiz. Mit den Rüden mache ich hingegen kurzen Prozess, pinkle hinaus und verschwinde hinter der Gartenhütte.

Lustig ist es mit den Radfahrern. Die sehen mich nicht, ich liege ja unter der Hecke. Sind sie etwa in der Mitte des Grundstückes, hechte ich an das Gitter und belle ganz böse. Es macht Spaß, wenn sie sich vor Überraschung fast in die Hose pinkeln.

Das gibt dann zwar Schellte, aber die hält sich in Grenzen. Aber inzwischen bin ich ja schon eine Weile hier und man kennt meine Spielchen. Ab und an kommen Fremde vorbei, dann funktioniert das noch. Die anderen machen einen Umweg. Schade, war schon lustig.

Wenn es dämmrig wird, beginnt die Zeit der Jagd. Mäuse sind unterwegs – auf meiner Wiese! Das muss unterbunden werden. Auch Igel und Maulwürfe machen sich breit. Meine Vorräte sind in Gefahr! Alles zu überwachen kostet ganz schön Kraft; den ganzen Abend zu patrouillieren, die Verstecke zu überwachen. Dann sind da ja auch noch meine Menschen. Die wollen auch betreut werden, möchten mich streicheln und wissen, was ich so treibe.

All diese Ereignisse machen hungrig. Nicht dass Sie denken, ich wäre ein Nimmersatt, aber mindestens drei Mahlzeiten pro Tag müssen sein. Für zwischendurch gibt's ja noch das Trockenfutter. Also Futterzeit. Aber wo sind die beiden denn? Ah, sie sitzen auf der Terrasse, plaudern und trinken Wein. Und was ist mit mir? Vergessen? He, Abendessen! Sicherheitshalber sehe ich erst mal nach, ob vielleicht etwas in meinem Napf ist, man weiß ja nie. Wird Radau gemacht, obwohl schon alles vorbereitet ist, habe ich schlechte Karten. Dann sind sie beleidigt und es gibt wieder Liebesentzug. Kein schöner Gedanke, ohne Streicheleinheiten schlafen zu gehen. Abe siehe da: leer! Ha! Mit lautem Gebell geht's raus zu den beiden. Bei ihnen angekommen, höre ich sie schon: »Könnte sein, er hat Hunger. Der frisst uns noch die Haare vom Kopf.« Frechheit! Ab in die Küche! Sie erheben sich und machen sich auf den Weg. Ich laufe vor; wenn sie ankommen, sitze ich schon vor der leeren Schüssel. Na endlich. Fleisch mit Nudeln, mein Leibgericht. Lecker!

Ein wenig werde ich mir für später aufheben. Meist werde ich in der Nacht munter und dann ist so eine kleine Mahlzeit nicht verkehrt. Leider gibt es da manchmal Probleme. Das sehen die nämlich nicht so gerne, wenn ich sie nachts wecke. Aber wenn man muss dann muss man. Ist man schon mal munter, kann ein kleiner Imbiss nicht schaden.

Der Unterschied zwischen warmer und kalter Jahreszeit ist rasch erklärt. Es betrifft die Eingangstür. Warm heißt *Tür offen*, kalt heißt *Tür geschlossen*. Also für mich macht das keinen großen Unterschied, für die Menschlein aber schon. Mein Bewegungsdrang und meine Neugier werden daher manchmal sehr eingeschränkt. Ob Tag oder Nacht macht nun wiederum bei den Zweibeinern keinen Unterschied – sie sind in beiden Fällen unwillig. Sind draußen Geräusche zu hören, muss ich raus und das prüfen, aber leichter gesagt als getan; bei geschlossener Tür ist das ein Problem. Also laufe ich zu ihnen, aber es bewegt sich keiner. Was machen die beiden denn? Sitzen rum und lesen Zeitung. Hallo, ich will raus! Keine Bewegung. Bellen könnte helfen. Aber nein, nichts. Was nun? Zurück in die Küche. Der Erste, der zu erreichen ist, wird angerempelt, sieht zu mir hinunter. Ich laufe wieder zum Ausgang. Na endlich, man folgt mir. Tür auf und raus. Leider nichts los, falscher Alarm. Wieder hinein. Aber: Mist, Eingang geschlossen. Mit der Pfote gegen das Glas gehämmert – keine Reaktion. Bellen … einmal, zweimal. Die sind sooo langsam! Was jetzt? Ich muss die beiden ein wenig beschäftigen, könnte ja jeder Zeit wieder hinaus wollen. Der Nachbarhund ruft. Hinaus, dasselbe Spiel von vorn. Nun sind sie schon ein wenig ungehalten, dabei ist der Tag doch erst eine Stunde alt. Lasst doch einfach offen! Nein, das geht nicht, ist ja kalt draußen. Davon spüre ich aber nichts. Mein Körper ist ja trainiert, ich habe viel Bewegung – was den beiden auch nicht schaden würde.

Damit ist ja schon alles erklärt. Bei schönem Wetter bleibt die Tür von morgens bis abends geöffnet. Problem gelöst, alle sind glücklich. So angenehm die kalte Jahreszeit für mich aus sein mag, hat sie eben auch ihre Nachteile. Nun, gewisse Abstriche sollte man in einer Beziehung in Kauf nehmen. Das aber müssen die beiden noch lernen. Daran arbeite ich bis heute. Es wurde aber leider noch kein Konsens gefunden. Da pochen sie auf das Recht des Stärkeren. Somit tragen sie die Konsequenzen selber.

Es ist wieder der Tag gekommen, an dem die Wurst-Tante angesagt ist. Woher ich das weiß? Mein Instinkt in Bezug auf Futter ist sehr stark ausgeprägt. Leider hat sich im Laufe der Jahre hier eine unschöne Entwicklung ergeben. Anfangs war die Begrüßung erst dann abgeschlossen, wenn ich meine Wurst gefressen hatte. Dann durften sich die Menschen begrüßen. Im Anschluss bekam ich noch einen süßen Nachschlag. Der wurde zwar unter allen aufgeteilt, aber es war genug für alle da. Inzwischen wird zuerst begrüßt, dann erst bekomme ich meine Wurst. Nachspeise wird nur noch sehr selten gereicht. Man hört dann Sätze wie »Der platzt bald« oder »Ein Fass ohne Boden«.
Pah, was kann so ein niedlicher Hund wie ich schon groß verdrücken. Um Mitternacht eine

Schüssel – brauch ich, kann sonst nicht schlafen. Morgens ein Frühstück, bekommen die Menschen ja auch. Zwischendurch ein bisschen was zum Naschen; auch hier stehen die Menschen mir in nichts nach. Mittags Nachschub, Energie nachtanken, muss sein. Zugegeben, das lassen sie meist aus, aber sicher nicht wegen mir. Außerdem sehen sie beide ohnehin gut aus, also von der Leibesfülle her. Nachmittags machen sie sich eine Brotzeit – gleiches Recht für alle, schließlich bin ich ein Familienmitglied. Danach gibts bis zum Abendmahl nichts. Ich war bis dahin den ganzen Tag unterwegs, Akku leer, also eine volle Schüssel muss da schon sein, das ist nicht so viel, wie ich finde. Da gehen die Meinungen aber auseinander.

Die Tante kommt aber auch mal am Wochenende zum Grillen. Das ist Super, da fällt immer eine zusätzliche Ration für mich ab. Ich bin dann immer abgefüllt und müde. Die Aktivitäten danach erstrecken sich auf schlafen und faulenzen, was aber gar nicht so schlecht ankommt. Das darf aber nicht zur Gewohnheit werden, sonst glauben die noch, dass ich alt werde. Außerdem fehlt ihnen dann ihre Aufgabe. – Was würden die beiden denn ohne mich machen? Den ganzen Tag herumlungern. Leider werden die außerplanmäßigen Besuche immer seltener. Aber meine Freundin bleibt die Wurstfrau trotzdem. Schön, dass es sie gibt.

Leider gibt es auch ein sehr unangenehmes Thema. Ich sag nur: Tierarzt!

Das kommt immer sehr unvorbereitet. Ganz unauffällig werde ich zum Auto gebeten, unbedarft steige ich ein – könnte sich ja um eine Spazierfahrt handeln. Also nicht nur so in der Gegend herumfahren, sonder zu einem Ort, wo im Anschluss ein Spaziergang stattfindet. Was ja im Grunde auch stimmt, denn vor der Untersuchung macht der Bart eine Runde mit mir. *Tarnen und täuschen* nenne ich das. Sehr unschöne Angelegenheit. Danach gehen wir in ein Haus, wo auch ein paar von meinen Artgenossen rumlungern. Kurzes Beschnuppern, kleines Gespräch, schon ist klar, wo wir sind. Zu spät für Gegenmaßnahmen. Das wird Folgen haben!

Wir sind schließlich dran. Hier sei noch erwähnt, dass Herrchen einen neuen ausgewählt hat. Der alte Doc wollte immer auf seinem kalten Metalltisch die Untersuchungen durchführen, was nun glücklicherweise nicht mehr der Fall ist. Nun wird stattdessen auf meiner Augenhöhe genervt. Das verschafft mir aber immerhin einen kleinen Vorteil. Ich kann mit der Pfote auf seinen Kittel eine Unterschrift hinterlassen oder mit der Zunge eine kurze Begrüßung zelebrieren. Ha, macht Spaß, sie auszutricksen. Hilft aber nichts, jetzt beginnt der unschöne Teil. Er hebt meinen Schwanz in die Höhe. Jetzt Gase absondern … nein, lieber nicht, das gibt unnötige Probleme. Aber was geht den mein Hinterteil an? Der führt was im Schilde. Aber was? *Temperatur messen* nenne sie das. Ob ihnen das im umgekehrten Fall Spaß machen würde? Egal, schon vorbei. Nächster Akt: Ich kann mich plötzlich nicht mehr frei bewegen, Herrchen hält mich fest. Was macht der jetzt? Steckt mir was ins Ohr. Unangenehm! Nun zupft er an meinen Augen herum. Das dauert alles … Meine Zähne interessieren ihn auch noch. Na, komm nur mit den Fingern, einer ist meiner. Feigling, das lässt er jetzt schön den Bart machen. Der öffnet mir das Maul, hebt meine Lefzen hoch. Na gut, die Hand, die einen füttert, beißt man nicht. Außerdem macht er das zu Hause auch, wenn ich mir einen Ast im Gaumen verklemmt habe. He, was kommt jetzt? Der will mir an die Rippen. Es reicht, ich beginne zu brummen. »Leider höre ich nicht viel, wenn er brummt«, mault er rum. »Gipsy, ist ja gut.« Netter Versuch, Willi, aber nicht mit mir. Ich brumme weiter. Das habe ich dann auch irgendwann überstanden. Nun kommt der Gipfel: eine Spritze! Au, genug, gehen wir. Ich muss hier raus. Halt … da fehlt noch was: Wo ist meine Belohnung? Na also, kommt schon. Zwar ein bisschen wenig, aber immerhin eine Anerkennung.

Puh, Geschafft. Endlich wieder draußen. Rein ins Auto und ab nach Hause. Aber an diesen Tagen haben sie keine ruhige Minute mehr. Raus, rein, unruhig hin und her. Erstaunlicherweise stört das dann aber nicht. Sind schon ein wenig spaßig, die zwei. Da dies aber nur einmal im Jahr stattfindet, kann man sich damit arrangieren. Öfters wäre das nicht auszuhalten.

Dass sich im Laufe der Zeit alles ändert, wird ja auch Ihnen schon aufgefallen sein. Wie bei der Wurst-Tante, so auch bei Yasmina.

War das schön, solange sie klein war … spielen im Garten, dann kuscheln am Abend …. Aber noch schöner waren die Raufereien am Morgen. Sie hatte immer kalte Füße, also trug sie nachts Socken. Wollte sie morgens nicht raus aus dem Bett, habe ich versucht, ihr die Socken auszuziehen – da war was los: »Opa, Hilfe, der stiehlt meine Socken!« Sie stülpte mir die Decke über den Körper, ich schüttele mich frei und weiter: neuer Angriff. Ich erwischte schließlich einen, aber sie leistete

Gegenwehr, zerrte ebenfalls daran. Manchmal gewann ich, dann stolzierte ich damit herum. Meist wurde mir aber die Beute wieder abgenommen. Zum Glück war ja am nächsten Morgen ein neuer Anlauf möglich.

Leider wurde sie größer. Sie schlief dann alleine im Kabinett. Auch unsere Spielchen wurden weniger. Bis sie schließlich gar nicht mehr bei uns übernachtete. Nun kam sie nur mehr mit ihren Eltern für ein paar Stunden zu Besuch. Ich mag sie aber trotzdem noch sehr gerne. Übrigens ist sie für die Anwesenheit von Meggi verantwortlich, was ja auch für sie spricht. Vielleicht sorgt ja jemand irgendwann für Nachschub. Hoffentlich bin ich dann nicht schon zu alt. Momentan aber fühlt sich alles noch wunderbar an.

Manchmal haben Veränderungen aber auch was Gutes. Ganz zu Beginn meines Aufenthaltes war es eine 24-Stunden-Beziehung, das wurde ja schon mal erwähnt. Dann hatte sich aber etwas geändert, es folgte eine Zeit des Wartens. Noch bei Dunkelheit wurde ich in mein neues Domizil verfrachtet. Das, zugegeben, feudal war beziehungsweise noch immer ist. Futter ist vorhanden, ebenso Wasser, für kühle Tage gibt es eine Heizung, Fenster für Luft und Licht, dazu ein geräumiges Körbchen mit Decken – das gibt mir die Möglichkeit, ein schönes Nest zu bauen. Am besten zeige ich es Ihnen, statt lange zu erklären:

Mein Domizil hat einen eigenen Eingang, mit Beschriftung. Die Tür bleibt aber zu, meine Privatsphäre kommt nicht in die Öffentlichkeit. Da bin ich eitel.

Nun verlässt aber nur mehr die Gabi das Haus zu früher Stunde. Wir sind dann wieder ein Männerhaushalt. Warum das nun wieder so ist, kann ich nicht erklären, ist mir aber auch egal. Wichtig ist nur: Wir sind jetzt unzertrennlich. Na gut, fast immer. Manchmal nehmen sie mich nicht mit. Ich bin darüber zwar nicht glücklich, aber es bleibt wenigstens die Wahl, in meinem Eigenheim oder im großen Haus die Zeit totzuschlagen. Bei ihrer Rückkehr plagt sie dann anscheinend das schlechte Gewissen, es gibt jedenfalls immer was aus der Leckerlilade.

Das habe ich noch gar nicht erzählt: In der Diele steht ein Schrank mit Laden. Die in Höhe meines Kopfes gehört mir. Die ist vollgestopft mit Leckereien. Das Hinterhältige daran ist: Ich kann sie mit meinen Pfoten nicht öffnen, brauche also immer wen, der das für mich erledigt. Meist wird sie aber nur geöffnet, um mich ruhig zu stellen, manchmal auch zur Belohnung. Aber für einen Zwischendurch-Snack braucht's immer einen Anstoß. Dafür ist aber ihre Anwesenheit vonnöten, wie sonst soll ich ihnen klarmachen, dass ich etwas haben möchte.

Das funktioniert am besten, wenn sie beim Frühstück sitzen. Dann ist das Möbel genau in ihrem Blickfeld. Ich stelle mich also hin und warte. Nichts passiert. Ich versuche ein leises Winseln. Keine Reaktion. Ich scharre mit den Beinen. Wenn das auch noch nicht funktioniert, muss ich eben bellen, das bringt dann endlich Bewegung in die Sache. Leider nicht immer nach Wunsch: »Nein, aus der Lade gibt's nichts. Da steht deine Schüssel.« Frauen halt. Er schweigt. Feigling. Gut, gehe ich eben zur Tür, jemand lässt mich hinaus und kurz darauf komme ich zurück, gehe sofort wieder in Stellung. Die sind ja ohnehin schon da, also aufmachen und her mit einem Knochen. Nichts, der Türöffner geht an der Lade vorbei zurück zu seinem Platz. Na, schauen wir mal, wer das Spiel länger durchhält. Also wieder zur Tür. Spätestens beim dritten Anlauf öffnet sich nach meiner Wiederkehr endlich die Lade. Na, wer hat den längeren Atem? Wäre doch gelacht, sollte das nicht ich sein.

Ich bin ein wenig ins Schwärmen gekommen, welcher Hund hat schon solche Auswahl. Aber nun zurück zu ihren Ausflügen ohne mich. Ich kann mich noch erinnern, dass ich einst überall dabei war – was nicht immer erfreulich war. Bei manchen Menschenansammlungen sah ich vor lauter Beinen keinen Weg mehr. In Wirtsstuben wurde ich unter den Tisch verbannt – fehlte nur noch das Schild *Betteln verboten.*

Na, dann bleibe ich jetzt halt zu Hause. Das hat auch seine angenehmen Seiten: Ich bin ungebunden, kann mich frei bewegen oder in aller Ruhe ein Nickerchen machen.

Schön ist, wenn der Bart und ich alleine sind. Der nimmt mich überallhin mit. Ich bewache das Auto, solange er unterwegs ist. Das dauert meist nicht lange. Zwischendurch machen wir kleine Spaziergänge. So hat der Wandel wieder eine angenehme Situation gebracht.

Ich bin eigentlich ganz zufrieden. Wenn da nicht die Sache mit dem Mond wäre ... Damit habe ich ein kleines Problem. Wohlgemerkt *ich* habe ein kleines bisschen damit zu kämpfen. Für meine Menschen scheint das Problem größer zu sein. Was bitte kann daran so schlimm sein, wenn man den Mond ein paar Mal pro Nacht beobachten möchte? Ich rege mich auch nicht auf, wenn sie in der Nacht das Bett verlassen, um das Klo aufzusuchen, obwohl es meinen Schlummer stört. Wenn aber ich raus will, dann gibt's immer was zu meckern. Aber es ist doch schön, nachts bei Mondschein draußen, der Garten ist dann fast taghell erleuchtet, am Himmel steht ein großer weiser Ball. Man ist versucht, ihn zum Spielen herunterzuholen. Aber das klappt leider nicht – ich komme nicht so weit in die Höhe. Trotz all meiner Kraft in den Beinen, dafür reicht es nicht. Um diese Aktivitäten auszuführen, ist aber das Öffnen der Tür vonnöten. Und damit beginnen dann die Schwierigkeiten.

Anfangs hab ich mich nur einem der beiden zugewandt. Nach dem dritten Wecken war ein gewisser

Unmut zu spüren. Ab dem fünften Versuch, nach draußen zu gelangen, begann man mich zu ignorieren. Das aber kann nicht toleriert werden. Also Taktik ändern und abwechselnd Kontakt aufnehmen. Hat eine Weile ganz gut geklappt. Aber nun haben die zwei eine Gegenstrategie entwickelt: Sie stehen plötzlich mitten in der Nacht auf, Trinken Kaffee und bringen mich um meinen Schlaf. Dagegen kann ich aber nichts unternehmen, hier wurde ich eiskalt ausgetrickst.

Am schönsten ist immer die Zeit zu dritt. Dann hat einer immer Zeit für mich. Na ja, fast immer. Manchmal sind sie sehr mit sich selbst beschäftigt und schmusen herum, was ich gar nicht leiden kann. Geschmust wird mit mir. Und wenn die mit ihren Computern spielen, wer kümmert sich dann um mich? Ich bin hier vielleicht ein wenig streng mit ihnen, aber man muss die Kontrolle behalten.

Es wird mir aber immer viel Zeit gewidmet. Wenn sie wieder mal unterwegs waren und irgendwann nach Hause kommen, dann gehört mir ihre volle Aufmerksamkeit. Es gibt etwas aus meiner Lade und Streicheleinheiten sowieso. Wir spielen, Raufen … Mit einem Wort: Super!

Mit fortgeschrittenem Alter fallen manchen Sachen schon ein wenig schwer. Am Morgen spüre ich das sehr. Die Gelenke sind noch nicht auf Betriebstemperatur und sehr schwerfällig.

Leider höre ich auch schon ein wenig schlecht. Das hat aber auch sein Gutes: Wenn sie wieder mal grantig sind, mache ich auf schwerhörig und die nehmen mir das dann auch ab. Beim Chef ist das aber schwierig. Der wird zwar auch älter, aber seine Stimme anscheinend nicht. Den höre ich immer, schmerzt aber nicht mehr so in den Ohren; ich stelle mich aber trotzdem taub, wenn es sich nicht gerade um Futter oder sonstige angenehme Dinge handelt.

Auch das Sehen in der Dunkelheit macht manchmal Schwierigkeiten. Besonders wenn ich nachts von einem Ausflug zurückkehre, kann ich manchmal das Bett nicht finden. Hier sind sie sehr hilfsbereit, heben mich sogar hinein, schmusen mich nieder. Dass ich nichts sehe und mich auf ihrem Kopfpolster breitmache, finden sie dann nicht mehr so amüsant. Frauchen ist dabei kompromissbereiter, sie überlässt mir den Platz und rückt nach unten. Aber der Bart ist brutal, schnappt mich einfach und schiebt mich zur Seite; da hilft kein Brummen und Murren. Aber mit einem Gasangriff kann ich mich revanchieren. So hat jeder was davon: Ich meine Genugtuung, er seinen

Platz. Ich bin damit glücklicher, von der anderen Seite kommt nur: »Der stinkt schon wieder.« Ich lege dann noch einmal nach und verziehe mich ans Ende des Bettes. Das »Puh!« von den beiden ignoriere ich einfach, bin ja schwerhörig.

Zugegeben: Manchmal ist das schon sehr grenzwertig, was ich so absondere. Das ist sogar für mich nicht auszuhalten. Ich verzieh mich dann in den Garten und lasse sie mit der Situation alleine, muss somit auch nicht ihre Kommentare über mich ergehen lassen. Bei meiner Rückkehr hat sich dann nicht nur der Geruch, sonder auch ihre Laune gebessert und wir können weiterschlafen.

Tja, im Alter lässt halt vieles nach. Man wird nachsichtiger. Zum Beispiel wenn Meggi kommt. Früher hatte ich die Ausdauer, sie über die gesamte Zeit ihres Besuches zu beschäftigen. Entweder sie zum Schmusen aufzufordern oder sie durch den Garten zu hetzen. Dabei kam es schon vor, dass ich sie überrannt habe, wenn sie mir im Weg stand. Keine Angst, die Kleine ist ganz schön robust, die kann das wegstecken. Mittlerweile geht mir aber schon nach einer Stunde die Puste aus und ich streune dann alleine durch mein Revier. Manchmal geht sie mit mir mit, meist aber bin ich Luft für sie. Dann mache ich mich kurz bemerkbar, belle sie an oder werde zudringlich. Darauf reagiert sie dann meist oder erhält Hilfe von den Zweibeinern. Aber meine Kraft lässt nach. Leider. Ich bin immer ziemlich geschlaucht am Ende. Meine beiden Zweibeiner aber auch. Da sind wir uns schon ähnlich. Also Ruhezeit. Sehr angenehm, wir ziehen uns dann zu dritt zurück. Ohnehin schon müde, muss ich nun aber noch um einen Platz im Bett kämpfen. Da kommt wieder der Vorteil des Alters zum Tragen: Herrchen gibt nach, geht in sein Kabinett. Seine Hälfte steht mir nun alleine zur Verfügung.

Jetzt, wo ich schon in einem vorgeschritten Alter bin, ergibt sich eine neue Bekanntschaft: ein hübsches Mädel namens Akira. Die ist aber noch jünger als Meggi. Wie soll ich da noch mithalten? Ich gebe mein Bestes, zeige mich von der charmanten Seite, führe sie durch mein Reich, zeige ihr sogar das eine oder andere Versteck. Vergeblich. Entweder es sind Menschen anwesend oder sie ist zickig. Frauen halt. Für solche Sachen bin ich schon zu alt, wenn auch noch immer in guter Verfassung. Auch das Aussehen ist passabel, alleine die Ausdauer fehlt. Macht nichts, ich habe mich damit abgefunden. Wer weiß, ob ich einer Schar von kleinen Wollknäulen überhaupt gewachsen wäre. Außerdem: Wer würde sich dann um meine Menschen kümmern?

Jetzt, da mein Herrchen mich nicht mehr alleine lässt, reiht sich ein schöner Tag an den nächsten. Alles geht in geordneten Verhältnissen vonstatten: Morgens Frühstück mit Frauchen. Sie verlässt uns und Ruhe kehrt ein. Manchmal schlafen wir noch eine Runde, meist geht er aber in sein kleines Zimmer. Was er dort treibt, bleibt sein Geheimnis. Das will ich auch gar nicht wissen, man muss ihm ja auch ein bisschen Freiheit zugestehen.

Dann wird es hell, Zeit für den Sparziergang. Hier braucht er schon mal einen Denkanstoß. Nervöses hin und her Laufen reicht da schon aus. Schön, dass da das Wetter keine Rolle spielt, unser Ausflug findet immer statt.

Nach der Rückkehr gibt es zwei Varianten. Die erste: Es gibt Futter für beide. Die zweite: Einkaufen gehen. Woher ich das weiß? Wir kommen dann mit einer Einkaufstasche zurück. Meist ist da was für mich drin.

Dann wieder Ruhe – also in der kalten Jahreszeit. Wenn es wärmer ist, begeben wir uns nach draußen. Bewegung schadet ja nicht.

Irgendwann macht sich mein Magen bemerkbar. Im Sommer bleibt ja die Tür den ganzen Tag offen, ich habe also immer Zugang zu meinem Napf. Ist er leer, heißt es: Bart suchen und ihm klarmachen, dass ich Hunger habe. Er kennt ja inzwischen schon meine Rituale, selbst hat er ja auch schon Kohldampf. Also zurück ins Haus zum Mittagessen.

Dann bin ich müde, war schließlich den ganzen Vormittag auf den Beinen. Zugegeben, mit kleinen Ausnahmen. Aber in meinem Alter steht mir das auch zu. Hier haben wir zwei aber unterschiedliche Auffassungen. Während er sich wieder in sein Kabinett zurückzieht, möchte ich ins Bett. Immer auf dem harten Boden liegen, ist für meine Knochen und Gelenke nicht zumutbar. Alleine macht das aber keinen Spaß. Hilft aber nichts, also warten, bis Frauchen kommt. Mit ihr läuft das ohne Probleme. Ich lasse ihnen eine kurze Begrüßung, fordere meine Belohnung dafür, dass ich so gut auf ihn aufgepasst habe, und endlich: Wir ziehen uns zurück.

Jetzt ist Kuscheln angesagt. Darin ist mein Frauchen Weltmeister. Sie streichelt mich hinter den Ohren, krault mir den Bauch – nicht immer eine gute Idee, manchmal spüre ich da ein gewisses Rumoren und sollte vielleicht kurz nach draußen, aber nein, es ist zu schön. Oh je, schon passiert. Einer ist mir entwischt. Kommt halt vor, mit fortgeschrittenem Alter. Aber Frauchen ist nachsichtig und dreht sich ohne Kommentar um. Ich mache mich so richtig breit und schlafe ruhig ein. Aber nur kurz. Der Herr meint: »Na gut, ich komme zu euch.« Hier ist aber kein Platz! Das ist ihm jedoch vollkommen gleichgültig und er macht sich wieder brutal über mich her, schiebt wie gewohnt mit seiner Masse mein kleines Körperchen zur Seite. Diesmal gibt es aber keine Racheaktion. Ich finde es eigentlich schön, dass wir gemeinsam Ruhen.

Nach dieser herrlichen Ruhephase lasse ich ihnen ihre Kaffepause. Ich bin natürlich dabei, überprüfe, ob nicht auch für mich etwas abfällt. Wenn nicht, mach ich einen Abstecher nach draußen. Dauert diese Zweisamkeit zu lange, kehre ich zu ihnen zurück, setzte mich vor sie hin, lege die Stirn in Falten und mache auf traurig. Ich bin schon ein gewieftes Kerlchen. Sie wissen natürlich, was zu tun ist. Es geht in den Garten. Erst wenn es schon beginnt dunkel zu werden, begeben wir uns wieder nach drinnen. Manchmal sogar erst später, wenn sie in ihrer Laube sitzen.

Dann ist es Zeit für die Abendmahlzeit. Meine Schüssel wird gefüllt. Interessiert mich aber im Moment nicht. Zuerst wird überprüft, was sie selber auf den Tellern haben, denn das schmeck mir vielleicht auch.

So, das wäre dann auch erledigt. Zeit für die Abendruhe. Hier kommt es wieder zu Komplikationen. Jeden Tag dasselbe. Auch wenn ich mich da nicht immer durchsetzten kann, habe ich trotzdem noch nicht aufgegeben. Der Kampf um die besten

Plätze beginnt, kleine Rangeleien sind an der Tagesordnung. Endlich haben wir jeder unseren Platz, ich bekomme noch ein paar Streicheleinheiten und schlafe zufrieden ein.

Seit einiger Zeit hat unsere Nachbarin ebenfalls einen vierbeinigen Gefährten. Das macht den Aufenthalt im Garten interessanter. Wir treffen uns gerne am Gartenzaun zu einem Schwätzchen. Manchmal rufen wir uns, wenn Langeweile herrscht. Erstaunlich eigentlich, da es sich bei meinem Nachbarn nicht um ein Weibchen handelt. Aber der Bursche ist recht angenehm. Wir waren sogar schon gemeinsam spazieren, verstehen uns eigentlich ganz gut – wenn da nicht sein Freund wäre. Wenn der zu Besuch ist, kommt es immer zu Reibereien. Zum Glück trennt uns der Zaun. Ich würde ihm gerne mal zeigen, wer hier das Sagen hat. Der ist nicht größer als ein Tennisball, hat aber eine große Schnauze, knurrt, bellt, führt sich auf, als wäre ein Bernhardiner. Aber da hört meine Freundlichkeit auf. Hier sind Maßnahmen gefragt. Ich locke ihn mit kurzem Knurren näher heran. Ist er nahe genug, pinkle ich hinüber. Manchmal werde ich dabei vom Bart beobachtet, dann gibt's zwar ein wenig Schellte, die fällt aber immer sehr zurückhaltend aus. Ihn nervt das Gekläffe ja auch.

Der aktuelle Zustand sollte nicht mehr geändert werden. Solch ein Leben ist nur zu genießen. Die Zeit, die ich nun mit meinem Herrchen verbringe, hat nur noch schöne Seiten. Wenn er auch manchmal nicht gut auf mich zu sprechen ist, so hält dieser Zustand nie lange an. Im Gegenteil, zuerst wird geschimpft, danach geschmust. Herrlich, so eine Männerfreundschaft. Ich hätte zu Beginn meines Daseins nicht gedacht, wie schön das Leben sein kann. Ich habe zwar keine Ahnung, wie es meinen Geschwistern so geht, aber diesen Komfort wie ich haben die sicher nicht. Schön, dass die zwei mich genommen haben.

Nun habe ich so ziemlich alles erzählt und werde langsam müde. In meinem Alter strengt das schon an. Also, vielleicht sieht man sich ja mal. Ich ziehe mich nun in die Sonne zurück, Batterien aufladen.

Zeitfracht Medien GmbH
Ferdinand-Jühlke-Straße 7
99095 Erfurt, Deutschland
produktsicherheit@kolibri360.de